大熊乐器店

[日]安房直子 著　[日]小峰由兰 绘　彭懿 译

贵州出版集团　贵州人民出版社

奇妙的小号

原野正中央的一棵大榆树下,有家小小的店。

店是用圆木盖的,三角形的房顶,招牌上写着"奇妙屋"。

店里头,头戴绿色贝雷帽的大熊,孤零零地坐在椅子上。

大熊的身边,摆了很多乐器,大鼓、吉他、铃铛、铃鼓、响板等。

"欢迎光临。"

大熊一看到顾客,就会恭恭敬敬地鞠一个躬,然后说:"奇妙屋是一家乐器店。"

一连下了好多天的雨,森林和原野都变得水淋淋的。

这天,大熊的店里走进来一个水淋淋的男孩。

"你好。天天下雨,有没有能让人开心一点儿的乐器呢?"

大熊咧开嘴笑了,说:"欢迎光临。我一直在等你来呢。"

大熊说完，站了起来，从高高的架子上取下一件金色的乐器。

"看，这可是最好的小号！"

可不是嘛，小号闪耀着一种比包点心的纸还要美丽的金色，比天上的星星还要晃眼。

男孩开心地笑了，接过小号，从口袋里掏出三颗梅子，递给了大熊。

"谢谢。"

大熊鞠了一躬。

男孩一边吹着小号,一边走在原野的小路上。

被雨水淋得湿透了,可男孩还是一直、一直朝前走。

噗呜——噗呜——噗、噗、噗、噗、噗——小号的声音响彻大地。

于是,仿佛和着号声似的,天上的云开始动了起来。

噗呜——噗呜——噗、噗、噗、噗、噗——

满天铅灰色的云,不停地飞向远方,四周渐渐地变得明亮起来。

当那个男孩消失在原野的尽头时,雨彻底停了下来,天空艳阳高照。

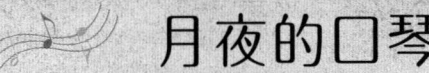 **月夜的口琴**

初秋一个明亮的月夜。

原野的那条小路上,走来了一位大叔。

"糟糕。糟糕。"

他一边说着,一边走着。

大叔的一张脸，简直就像是吃了咸梅干一样。

"糟糕，糟糕，真糟糕。"

大叔一边这样说着，一边走到了那棵大榆树下。

他看到那里有家三角屋顶的小店，店外挂着一块写着"奇妙屋"的招牌。

他正要从小店前面走过去，大熊探出头来，大声地问他："你怎么了？"

"什么事儿让你这么烦心啊?"

大叔回答说:

"我家的葡萄酸得要命。"

"哦,葡萄啊。这么说,你是葡萄园的大叔了?"

"是噢。"

"那么你有好多好多的葡萄树了?"

"是噢。可是今年的葡萄酸得要命,根本就卖不出去。所以,我现在才要去镇上买药。"

"买药?"

大熊扑哧笑了一声,然后摇了摇头,说:

"哪有会让酸葡萄变甜的药呢!"

接着,大熊从店里拿出来一只银色的口琴。

"这虽然是店里的商品,但是我免费送给你吧!"

"……"

葡萄园大叔不停地眨巴着眼睛。于是大熊告诉他:"葡萄啊,是因为缺少音乐才变酸的。你让它们多听一些音乐试一试,肯定会变甜的。"

是这么回事啊!

大叔接过口琴,从原路返了回去。

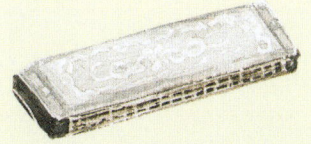

正好过去了三天。

还是一个月夜，芒草白色的穗子一闪一闪地放着光。

葡萄园大叔从原野的那条小路上走了过来，一边走，一边说："太好了，太好了。"

大叔一手拎着一个大篮子，篮子里装的是满满的葡萄。

来到榆树下的"奇妙屋"前面，大叔大声地说："大熊，上次谢谢你啊。我们家的葡萄变得甜极了，我是来给你送礼物的。"

原野的响板

一只瘦瘦的小老鼠来到大熊的店里。

"你好。"

小老鼠用非常小的声音招呼道。

"哈,欢迎光临。"

大熊用非常大的声音回答道。

只听小老鼠说:

"请给我来一盘意大利面。"

大熊愣住了,一个劲儿地眨巴着眼睛。

"哎呀,我以为是饭店呢!哎呀,哎呀。"小老鼠把店里看了一圈儿,问道,"这是什么店啊?"

"乐器店。"

大熊噘嘴哼了一声。

小老鼠失望了,叹了一口气,然后,用非常小的声音说:"我呀,从昨天开始就什么也没有吃。"

"是吗?那我给你一个好东西吧!"

大熊把手伸到架子上,取下来一件小小的圆形乐器。

"这响板,我就五毛钱卖给你吧。"

想不到小老鼠把头一偏,说:"我才不要那玩意儿呢!"

是啊,响板又不能吃。

大熊笑了,然后说了一句"哎呀,可别这么说,你跟我来",便走出了小店。

外边,是秋天明亮的原野。

走在原野的那条小路上,大熊唱起了这样一首歌。

"栗子,核桃,橡子,还有无花果,咿嗨咿嗨。"

"你也唱唱。"他说。

大熊这么一说,小老鼠也唱了起来。

"栗子,核桃,橡子,还有银杏果,咿嗨咿嗨。"

大熊和小老鼠终于走到了一棵大核桃树的前面。

"注意,看好了。"

大熊在树下打起了响板。

咔嗒,咔嗒,咔嗒,咔嗒,咔嗒。

只见随着响板的声音,大核桃树上的果实扑通扑通地落了下来。

"呀,太神奇了。"

小老鼠捡起核桃,开始往围裙里放。

可是放啊,放啊,核桃还是不断地往下落,真是捡也捡不完。

"够了,够了。"

小老鼠喊。

大熊这才停下来。

"怎么样?这个响板五毛钱卖给你吧!"

小老鼠乐呵呵地点了点头。

怕冷的兔子的大鼓

秋天过去了。

原野的芒草全都枯萎了,在风中呼啦呼啦地摇晃着。

有一天,大熊的乐器店来了一只兔子。

兔子在毛衣外边穿了一件外套,厚袜子外边套着一双靴子,还戴着手套,戴着口罩,围着围巾。

到了大熊的店前面,兔子还打了一个大大的喷嚏。

"啊——嚏!"

"哟,我还当是谁呢,原来是怕冷的兔子啊!"

大熊在店里头大声地叫了起来。

"你怎么了,难道是感冒了?"

"没有。只是太冷了,有没有能让我暖和起来的办法啊?"

"既然是这么一回事,我这里有一个好乐器。就是这个,五块钱卖给你。"

大熊指着摆在店中央的大鼓说。

圆圆的大鼓是白色的,镶着银色的边。

"你敲它一下试试,马上就暖和起来了。"

"是真的吗?"

"当然是真的了。来吧,敲一下试试。"

大熊嗨哟一声拎起大鼓,拿到了兔子面前。

怕冷的兔子摘下了口罩，又摘下了手套。

然后，咚地敲了一下大鼓。

接着，就静静地闭上了眼睛……

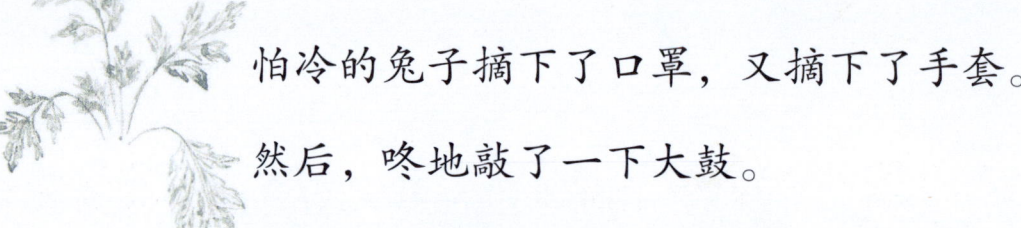

结果呢?扑面而来的,是一阵温暖的风。

兔子觉得自己好像来到了春天的艾蒿原野上。

"来,再敲一下试试。"大熊说。

于是,兔子又咚地敲了一下大鼓。这回,扑面而来的是油菜花味道的风。

兔子不停地抽着鼻子,说:"太好了,真的有一种春天原野的感觉。"

然后兔子轻轻地动了动耳朵,这回听到了小鸟的叫声。

"太神奇了,太神奇了。"

兔子使劲儿敲起了大鼓。

咚,咚……敲了十下,敲了二十下。

然后就真的变得暖和起来了。

就好像在春天的原野上翻了十个跟斗、二十个跟斗一样。

兔子摘下了围巾,脱下了外套。

"这个大鼓太好了,我买了。"

兔子付完钱,就嗨哟嗨哟地滚着大鼓,回家去了。

[日]安房直子

1943年出生于日本东京。日本女子大学国文科毕业。在大学期间，跟随童话作家山室静学习创作童话，以《目白儿童文学》《海盗》为中心，开始发表散发幽香的美丽故事。

《花椒娃娃》获第三届日本儿童文学者协会新人奖，《北风遗忘的手绢》获第十九届产经儿童出版文化奖推荐，《风与树的歌》获第二十二届小学馆文学奖，《遥远的野玫瑰村》获第二十届野间儿童文艺奖，《山的童话：风的旱冰鞋》获第三届新美南吉儿童文学奖，《小夜的故事：直到花豆煮熟》获红鸟文学奖特别奖。

[日]小峰由兰

出生于日本熊本县。东京艺术大学绘画系油画专业毕业，研究生毕业后，作为公费留学生赴法。归国后，活跃于插图、图画书等创作领域。

《樱子的生日》获日本绘本奖。独自完成的图画书作品还有《小小的搬家》《桃桃露一个人在家》等。

KUMA NO GAKKITEN
by Naoko AWA, Yura KOMINE
© 2025 Naoko AWA, Yura KOMINE
All rights reserved.
Original Japanese edition published by SHOGAKUKAN.
Chinese (in simplified characters) translation rights in China (excluding Hong Kong, Macao and Taiwan) arranged with SHOGAKUKAN through Shanghai Viz Communication Inc.
Simplified Chinese translation rights © 2025 by Beijing Dandelion Children's Book House Co., Ltd.

版权合同登记号 图字：22-2024-125

原版设计：冈本明

图书在版编目（CIP）数据

大熊乐器店 /（日）安房直子著；（日）小峰由兰绘；彭懿译. — 贵阳：贵州人民出版社，2025. 3. — ISBN 978-7-221-18789-5

Ⅰ. I313.88

中国国家版本馆CIP数据核字第2024LF9083号

DAXIONG YUEQIDIAN
大熊乐器店
[日]安房直子 著　[日]小峰由兰 绘　彭懿 译

出版人	朱文迅	策划	蒲公英童书馆	责任编辑	颜小鹏	装帧设计 王学元 责任印制 郑海鸥

出版发行　贵州出版集团　贵州人民出版社　地址　贵阳市观山湖区中天会展城东路SOHO公寓A座（010-85805785　编辑部）
印刷　鸿博昊天科技有限公司（010-87563716）
版次　2025年3月第1版　印次　2025年3月第1次印刷
开本　787毫米×1092毫米　1/20　印张　2.8　字数　30千字　书号　ISBN 978-7-221-18789-5
定价　32.90元

如发现图书印装质量问题，请与印刷厂联系调换；版权所有，翻版必究；未经许可，不得转载；质量监督电话　010-85805785-8015